# CUENTOS

## JALIL SAAB H.

## MEXICO

**Lulu Enterprises, Inc.**
3101 Hillsborough St. Raleigh, NC. 27607-5436


ISBN 978-1-257-02081-2

Diseño de Portada: Roberto Silva

# El billete

El Güero encendió su auto compacto asegurándose que Manuel estaba en el asiento trasero. Este se encontraba muy dañado, con más de una docena de cervezas y cuatro cubas de ron no era para menos. El Güero destapó "la caminera" que sin estar muy fría le aseguraba eliminar la sed en el largo recorrido que le esperaba de la cantina a casa de su amigo, y de ahí a su hogar: una decena de cuadras. Encendió las luces y respiró profundamente. Se dijo a sí mismo que debería conducir despacio, respetar las señales de los semáforos y evitar distraerse. A pesar de ello, las calles se manifestaban, insistentemente, como cables telefónicos bajo el efecto destructor de un terremoto de 8 grados en la escala de Richter.

Después de insistirle a Manuel, de buenos y malos modos, para que bajara y entrara a su casa el Güero consideró su conciencia tranquila al haber depositado, en tiempo (3 de la mañana) y forma (totalmente briago), a su amigo a las puertas de su domicilio y se alejó rápidamente, para evitar los eventuales reclamos de la compañera del sujeto al verlo llegar; ahora le tocaba a él incursionar con bien hasta su lejana y acogedora recámara. No obstante, algo lo molestaba; meditó sobre ello y llegó a la conclusión que era su voluminosa cartera que guardaba en la bolsa trasera del pantalón. Con un aire de fastidio la tomó y arrojó sobre el asiento del imaginario copiloto. Además de atender escrupulosamente al camino, el Güero cuidó de la cerveza tibia que pasaba de la consola lateral a su mano, a su boca y viceversa.

Al aproximarse a su casa percibió, no muy claramente, que había una camioneta "Pick Up" de la Policía Municipal estacionada justo delante de la rampa para acceder a su estacionamiento. Enfiló el auto al portón y bajó a abrirlo sin percatarse que en el proceso consola-mano-boca no había concluido el ciclo completo; esto es, bajó con la lata aun en su mano. Abrió de par en par la puerta y cuando iba a subir al coche dos de los uniformados se le encararon y le impidieron hacerlo.

-A ver, joven- le dijo el más panzón-. Nos va a tener que acompañar a la Jefatura por conducir en estado de ebriedad.

El Güero no salía de su asombro y con una sonrisa encantadora les dijo: -Pero si estoy llegando a mi casa. Están viendo que voy a meter mi coche.

-No nos interesa. Usted está violando el Reglamento de Tránsito y tenemos que consignarlo.

-Esto es un abuso- les dijo indignado-. Yo no voy a ningún lado y ahora mismo me dejan meter mi coche y sanseacabó.

-¡Niguas, Güerito! Tú nos acompañas y no te resistas.

El Güero vio como otro policía, que estaba en la caja de la patrulla junto con otro, bajaba y observaba desde el cristal de la puerta al interior de su automóvil. Mientras continuaba la discusión el gendarme, que llevaba un arma larga, abrió la portezuela, introdujo medio cuerpo, tomó la cartera, extrajo el dinero y volvió a arrojarla al asiento, cerrando la puerta en forma silenciosa. Mientras, los otros dos representantes de la ley invitaban al Güero a llegar a un arreglo para ahorrarse el tedioso viaje ante el Ministerio Público.

-Ese cabrón me robó la cartera- estalló El Güero y dirigiéndose al culpable le exigió que le devolviera lo que había tomado; agarró su cartera y confirmó el hurto-. Regrésame mi lana.

El policía comenzó a dudar y, sacándolo de su bolsillo, le dio un billete nuevo de 500 pesos, moneda nacional.

-¡Ni madres! Yo tenía dos billetes de quinientos nuevecitos.

-No, Güerito. Solo había eso.

Sus compañeros uniformados le dijeron que regresara toda la plata. El susodicho, primero enojado y después casi chillando, les aseguraba que eso era todo, pero la sospecha hizo nido en el corazón de los cómplices de la patrulla: seguramente lo conocían bien. Mientras el Güero seguía vociferando y amenazando con una denuncia formal por robo, asalto, despojo, abuso de confianza o lo que resultara.

-Cálmese, Güerito. No la haga de pedo. Vamos a solucionar esto. Cálmese-. Los representantes de la justica temían, sin duda, haberse topado con un verdadero influyente. Se alejaron un poco y como jugadores de futbol americano realizaron una especie de "team back" donde sobresalía la cara angustiada del sospechoso al cual recriminaban en forma manifiesta. Regresaron con la víctima y le aseguraron que le devolverían el billete extraviado. Le suplicaban un poco de paciencia en lo que dos de sus compañeros iban a un cajero electrónico por el monto demandado. Así se supone que sucedió, aunque el tiempo que les tomó regresar a los comisionados fue el suficiente como para dar una vuelta a la manzana.

-Aquí tiene, Güerito- le dijeron dándole un puño de billetes de baja demonización y algunas monedas-. Cuéntelo, mi buen, son quinientos baros exactitos.

El Güero recibió a dos manos el dinero. No lo contó, pero sí gritó: ¡Yo quiero mi billete de quinientos!

Los miembros de la patrulla, sorprendidos, tardaron varios minutos en tranquilizar al despojado quien insistía en recuperar el billete sustraído de su cartera y ningún otro sucedáneo. Nada satisfecho testificó, impotente, como los policías subían a su vehículo e iniciaban su marcha; no sin antes oír, estos, las amenazantes palabras emitidas, cual profeta bíblico, por El Güero: ¡Ahora mismo voy al Ministerio Público a levantarles una denuncia!

Y así lo hizo. No le importó que todavía se sintiese alcoholizado, aunque el sueño se le había espantado por completo. Recibió una copia de la demanda y volvió a su casa, con luz de día, satisfecho y orgulloso de su triunfo como ciudadano responsable, respetable y ejemplar. Estrictamente hablando, durmió el sueño de los justos.

A la mañana siguiente, mejor dicho, a la tarde siguiente, El Güero se dirigió a cumplir con sus obligaciones. Antes de abordar su auto recordó que debía llenar su tanque de combustible pues estaba circulando con la reserva desde la noche anterior. Se puso frente al volante, piso el embrague y accionó la llave de encendido. Su sorpresa fue mayúscula: el marcador del nivel del tanque señalaba completamente lleno. Con pánico, trato de hacer memoria: Antes de ir al bar, ¿qué había hecho? ¡Sí! ¡Claro! No tenía dinero y fue al cajero automático y sacó dos resplandecientes billetes de quinientos pesos. Luego fue a la gasolinera y llenó el tanque. Arribó al antro, encontró a los amigos (Manuel entre ellos), bebió un "poquito", platicó amenamente, rió como orate, discutió apasionadamente y pagó parte de la cuenta. Y se fue a casa...

Hasta que El Güero mudó de domicilio, poco tiempo después, volvió a tener cierta tranquilidad; a dejar de asomarse a la ventana para comprobar que no lo espiaban; a no sufrir sobresaltos si atrás, o a un lado de él, se encuentra con una patrulla de la Policía Municipal. Aunque a la larga, se decía a sí mismo, total ¡unas de cal por las que van de arena!

Marzo 2010

# La ruleta de la vida

La etapa crítica había sido superada. Mimí recibió no tanto la autorización de su esposo para pasar unos días en Las Vegas, como el financiamiento adecuado para el viaje y una estancia digna. El escollo logístico que representaba la atención de los vástagos, fue solventado con la forzada disposición de la cuñada de Mimí para fungir como niñera. A Mauricio no le molestaba que su mujer disfrutara de un merecido descanso en compañía de sus dos inseparables amigas, sino el terror de tener que lidiar con la servidumbre y controlar a la chamacada, la cual tenía peculiaridades más cualitativas que cuantitativas: un niño y una niña que habían heredado la iniciativa, obstinación e hiperactividad materna.

En el aeropuerto internacional el trío femenino fue incapaz de reprimir su euforia. Sus risas y ademanes producían reacciones diversas entre los demás pasajeros. Algunos festejaban con sonrisas sus ocurrencias, mientras otros las reprobaban con la mirada. Laura era hermosa, alta e inteligente. Sofía era muy jovial, y su sonrisa hacía olvidar sus limitados atributos físicos y mentales. Mimí tenía una belleza extraña, indefinible, aunque nadie dudaría en clasificarla como muy atractiva. Si bien no tenía la distinción de Laura, su porte obligaba a los varones a seguirla con la vista, por lo menos. Las Muchachas, como se autonombraban, mantenían una estrecha amistad desde su ingreso, quince años atrás, a la secundaria regida por las "Hijas del Verbo Encarnado". De solteras lograban convencer a sus padres para viajar juntas a Europa y a casi todos los balnearios mexicanos. Laura fue la primera en graduarse y casarse. Mimí lo hizo antes que Sofía, aunque ésta última se divorciaría al poco tiempo conservando la custodia del único hijo procreado.

Laura tenía experiencias previas en Las Vegas lo que hizo que fungiera como guía de turistas. Cual director de orquesta llevó la batuta en cuanto programa de actividades, itinerario, horario; su especialidad administrativa estaba en el rubro de "tiempos y movimientos". En el día, actividades al aire libre en la Presa Hoover y alrededores; en la tarde nutrición y compras; en noche asistencia a espectáculos, bares peculiares y mesas de juego. En el casino fue donde Laura encontró cierta resistencia a su liderazgo por parte de Mimí. La primera vez, ante las máquinas tragamonedas, no hubo conflicto pero, la segunda noche, Mimí descubrió la ruleta. Salió con una ganancia marginal y muy motivada para regresar.

La tercera noche Mimí no disfrutó de las sorprendentes habilidades del prestidigitador. Su mente estaba en la rueda multicolor y en el "Negro Ocho". A sus amigas, que empezaban a sentir los estragos del desvelo y el cansancio, no les emocionaba la idea de ir nuevamente al casino del hotel. Sin embargo, por solidaridad, accedieron a participar en una nueva sesión de juego. A las tres de la madrugada consideraron que permanecer junto a Mimí iba más allá de la amistad y, tras fracasar en convencerla para subir a dormir, decidieron retirarse.

A la mañana siguiente las dos amigas se asombraron al confirmar que Mimí no había usado su cama. Bajaron a almorzar y cuando estaban por pedir la cuenta vieron llegar a una Mimí ojerosa, desaliñada y nerviosa. No tardaron en enterarse que la bolita se resistió a caer en el "Negro Ocho", excepto cuando Mimí se había visto obligada a ir al baño. La consecuencia, aparte del tremendo berrinche, había sido que Mimí ya no contaba con ningún "cheque de viajero". Su tarjeta de crédito había sido rechazada por no tener cobertura internacional; justo motivo para recriminar, en su momento, al precavido e insensible cónyuge. Las amigas intentaron reanimarla asegurándole que la apoyarían económicamente por lo que restaba del viaje; el hotel y transporte estaba previamente saldado y no tenía por qué tener pendiente alguno. Mimí subió a su cuarto e intentó recuperar las fuerzas perdidas.

Al anochecer sus amigas la despertaron para salir a pasear por los bulevares y cenar. En la sobremesa Mimí abandonó su inusual y recientemente adquirido aire reservado, y les dijo a sus amigas:

-        Préstenme una lana para "quebrar la banca".

-        ¡Ay manita!- le respondió Sofía-. No seas picada. Por mi parte puedo, como quedamos, prestarte para tu estancia.

Mimí le dirigió una mirada inquisitiva a Laura, que le dijo tajante.

-        Ni pensarlo, amiguita. No tengo dinero, ni ganas de dártelo. Te había visto picada en el Bingo, pero ahora sí que no te mediste.

Las Muchachas siguieron chacoteando sobre el tema. Laura se percató que un joven las miraba con insistencia y se lo comunicó a sus amigas que lo festejaron con ruidosas carcajadas. De improviso, con un tono festivo, Mimí les advirtió:

-        Pues si no me prestan el dinero, y en vista que si se lo pido a mi marido me lo va a negar, voy a ponerme a "talonear". ¿Qué les parece?

-        ¡Orale!- dijo Sofía-. Fácil consigues cliente. Ahí vamos "michas", manita.

- No, si va en serio- aseguró Mimí-. O, ¿acaso crees que no me aviento?

- Ay, no seas loca, Mimí- intervino Laura un tanto molesta.

- Mira, manita. Ya me conoces. De que me decido a algo... Pero, para su tranquilidad usaré condón y seleccionaré al afortunado Adonis para mezclar el deber con el placer. ¿Cómo la ven?

En ese momento hasta Sofía se opuso. Estaban convencidas que Mimí pasaría de las palabras a los hechos. Laura adoptó una posición más enérgica e hizo un último esfuerzo para desalentar a la imprudente amiga. Todo fue inútil. Mientras más discutían, más le emocionaba la idea a Mimí. Dando por terminada la discusión Mimí se levantó, sacudió su vestido, arreglo su peinado y se dirigió al vestíbulo del hotel.

Su intención era disfrazarse para la ocasión. Pensó en el típico vestido rojo y en las medias negras. Aún no decidía si el maquillaje sería discreto o exagerado. Por su experiencia televisiva sabía que 500 dólares era una cuota razonable. Presionó el botón del ascensor, esperó pocos segundos y se introdujo en él. Dentro había un hombre maduro bien vestido, corpulento y rasgos anglosajones. "Buen espécimen", dijo para sí. Le dirigió una provocadora mirada practicada durante décadas frente al espejo. La respuesta fue inmediata. El hombre sonrió galantemente. Ella se animó e inició una charla, confiada en su dominio del idioma inglés. Volvieron a presionar un botón del tablero para dirigirse al bar. Ahí, ella dirigió la plática de tal manera que no quedara duda que el proceso en marcha era una transacción económica y no un romance. Así pareció entenderlo "el cliente", quien limitó sus atenciones y propuso entrar en materia. Ella sugirió hacer uso de su cuarto para obviar movimientos innecesarios. Acordaron que ella entraría primero en la habitación y él la seguiría unos instantes después.

Mimí esperó con impaciencia. Sintió una gran excitación y le dieron ganas de reír. Se contuvo al oír que llamaban a la puerta. Abrió y, describiendo con mano y cuerpo un pase taurino, lo invitó a pasar. El hombre lo hizo y de inmediato se despojó del saco. Se sentó en un sillón, extendió sus brazos en él y miró con lujuria a la mujer. Ella procedió a desabrochar su vestido. Coquetamente fue despojándose de zapatos, medias y sostén, manteniendo fija su vista en los verdes ojos del sujeto que le agradaba cada vez más. Estaba a punto de quitarse las pantaletas cuando la voz del hombre estalló como un trueno:

- ¡Está usted bajo arresto por práctica de prostitución! Cualquier cosa que diga será usada en su contra. Tiene usted derecho a callar y, al llegar al departamento de policía, podrá telefonear a su abogado.

Mimí ocultó instintivamente sus pechos y no reparó en la credencial que el agente policiaco le mostraba como identificación. Intentó parlamentar, pero el autoritarismo del hombre fue abrumador. Siguiendo sus órdenes volvió a vestirse, salieron del cuarto y bajaron al estacionamiento donde abordaron un automóvil. En el trayecto ella intentó aclarar, bañada en lágrimas, su situación: soy turista mexicana, estoy casada, era un juego, vengo con unas amigas, era sólo una apuesta entre nosotras, mi marido es arquitecto y cuenta con una fortuna considerable, tengo hijos pequeños; ¡no me hunda!

Las Muchachas recibieron la llamada de angustia. Contactaron un abogado e hicieron uso de tarjetas de crédito para honorarios y multas. Por ser la primera ocasión en que era arrestada y por su situación migratoria, el proceso de traslado a la frontera fue bastante raudo. Esto, sin embargo, requirió justificar ante el marido una permanencia más prolongada de lo pactado. El hecho es que nadie se enteró de lo acontecido. Las amigas fueron muy discretas y actuaron como los mejores cómplices que cualquiera pudiera anhelar; sin ellas el caso pudo llegar a niveles de dramatismo. Mimí, a pesar de la triste experiencia, alabó por siempre lo expedito de la justicia norteamericana.

A los pocos meses Mauricio decidió premiar a sus dos hijos por el hecho de no haber reprobado en la escuela. Aprovechando el periodo vacacional prepararon sus maletas para ir a Disneylandia. Tanto pasaportes como visas estaban vigentes, y todo se redujo a ultimar detalles en una agencia de viajes. Al descender del avión en el aeropuerto de Los Angeles pasaron a la aduana para mostrar sus documentos. Todos los demás pasajeros habían ya salido mientras la familia continuaba esperando. Mauricio se dirigió al agente migratorio y lo urgió para que terminara el trámite. El funcionario le ordenó esperar. Al poco tiempo regresó y les dijo:

-   La señora no puede ingresar al país. Deberá abordar el próximo aeroplano y regresar a México.

-   Pero, ¿por qué?- grito Mauricio -. Sus papeles están en orden. No entiendo que está pasando.

-   La señora tiene antecedentes penales. ¡No puede pasar!

-       ¡Carajo! ¿De qué diablos está hablando? Esto es una injusticia, un absurdo, un error. ¿A qué delito se refiere?

-       Prostitución. La señora, supongo su esposa, fue arrestada hace ocho meses en el Estado de Nevada. Nuestra base de datos así lo indica y no puede ingresar a los Estados Unidos.

Mauricio quedó petrificado. Su asombrado rostro volteó hacia Mimí, la cual bajo la mirada mientras estrujaba sus manos. Regresaron de inmediato en un trayecto donde no hubieron palabras por parte del matrimonio, aunque los niños protestaron, lloraron y preguntaron sin recibir respuesta alguna. Mauricio tuvo en varias ocasiones los ojos húmedos, sin que las lágrimas brotaran; sus maxilares ejercían presión y la barbilla le temblaba constantemente.

El proceso legal para obtener el divorcio llevó demasiado tiempo. Mauricio conservó la Patria Potestad de los hijos y a Mimí se le permitió visitarlos una vez a la semana. El contrato matrimonial por separación de bienes obligó a Mimí a buscar un empleo por segunda vez en su vida.


Enero, 2001

# Un lunar del pasado

Bajo el cobertizo de teja, cercano al potrero, que protege del inclemente sol de mayo a los dos ancianos de edad indefinible, sentados en equipales viejos pero resistentes, charlan con esa parsimonia característica de quienes han vivido siempre en el campo.

- Camilo siempre jué una persona muy rara. ¿Te acuerdas que dende chilpallate se emocionaba cuando oía el galopar de algún caballo que pasara cerca de su casa? Se le veía recontento cuando lo oía; juera de eso a naiden le sonreía siquiera. Ni a su mamá. Dice la gente que dende que el chamaco está en el vientre ya siente lo que pasa ajuera. Si la madre tiene un susto o sufre alguna pena, aluego el escuincle también. No sé si sea verdá, pero lo que me consta es que Amparo sufrió harto en su última preñez. Le tocó lo mas gacho de la Cristiada. Maltratada que le dieron los "guachos" del general Izaguirre, y no le jué pior porque se compadecieron de que estaba cargada. A su marido, José, ya dende endenantes lo habían colgado de un poste de telégrafo en la vía del ferrocarril, cuando se soltó la matazón por el achicharramiento de gente del tren de La Barca, ¿Te acuerdas, tú?

- Sí, jué en los tiempos en que nos volaron los aigroplanos, soltando hartos papeles por toda la sierra y que casi naiden supo lo que decían, porque no sabíamos ler. Los aventó el gobierno pa' que se rindieran los cristeros. Pero ni en cuenta. La gente era bien entrona y después de tres años de estarle dando recio a los "changos", como que ya no les tenían miedo.

- A los aigroplanos sí se les sacaba, ¿o no? Afigúrate, munchos serranos ni conocían los coches, y ansina, de repente, oír motores en el aigre y ver salir de entre los montes tamaño animalote, era pa' asustarse. Aluego, hasta bombas nos echaron. Eramos reinorantes en esos tiempos, ¿no crés? Ora sí sabemos hartas cosas. Pero lo de Camilo como que no me lo entiendo, ¿o sí? A ver, ¿cómo te explicas que apenas pudo caminar, era nomás oír caballadas, y onde estuviera, corría o se asomaba a verlos. La rajada que tenía en la cabeza jué por eso mesmo.

- ¿Cuál rajada?, yo no supe.

- ¡Anda, tú! Pos cuando se trepó a la azotea de su casa y por asomarse pa' mirar a los cuacos que pasaban trotando, se cayó de mera choya. Casi se muere el infeliz del guamazo. Cuando deliraba, quesque repetía y repetía que quería a su vieja y ver a sus hijos. Que susto se llevó la Amparo, que en paz descanse, pensando que el escuincle se le había vuelto loco por el madrazo que se dio. De chamaco era muy precoz de por sí. Hablaba como grande y eso que no

26

jué manque cuatro años a la escuela, que el "Tata" Lázaro puso cerca de la ranchería.

- Yo andaba jueras pa' ese entonces. Me había ido al "otro lado" a la pizca del durazno y dilaté harto en regresar.

- Ton's, ¿no te supistes del borlote que se armó, que hasta el Padre Eusebio metió su cucharota?

- Pos no. Algo me platicó mi mujer, pero la verdá no me acuerdo bien cómo estuvo la cosa.

- Arrímate la botella, pa' contarte con más ganas. ¡Vieja, traite unos totopos y frijoles! ¡Pero ándale, mujer! ¿No te digo?

Con paso lento y no muy firme la anciana se acerca y pone sobre la mesa los platos de barro desportillados. La tosquedad con que le habla su marido es añeja; más le extrañaría si fuese amable. El visitante agradece con la mirada y una sonrisa la atención de la anfitriona. Tras la breve interrupción continúa la charla suspendida.

- Pos sí, te decía que se armó un argüende. Afigúrate que cuando Camilo tenía como seis o siete años se puso bien necio el cabrón. De por sí, te digo que era raro, casi no jugaba con sus hermanos, ni con sus primos. Siempre serio, el condenado. Muy formalito el mocoso y hasta su mirada, como que imponía.

- Sí pues, pero, ¿de qué neceaba, compadre?

- Pos que quería ver a su mujer, que él no era él, que era de otro lado. De Michoacán, creo yo. Se la pasaba chillando o achicopalado. Y la pobre de Amparo, pos pior. Todos estábamos seguritos que le faltaba un tornillo. Un día le dijo a su mamá santo y seña de su tierra, y la siñora sentía que el corazón se le salía del pecho. Pa' no hacerte el cuento largo, una vez pasaron unos arrieros y se quedaron a dormir en casa de la Amparo, que Dios la tenga en su santa gloria. Ya vez como era de platicadora, y les contó de las cosas del Camilo. Los arrieros le dijeron que ellos pasaban seguido por ese pueblo de Tierra Caliente, creo, del que tanto hablaba el Camilo. Y, no lo vas a crer, pero le aseguraron que conocían a la siñora esa tan mentada por el hijo de Amparo.

- ¡A Dio'! ¡No me digas, compadre!

- ¡Como te lo cuento! Y más. El chamaco, que andaba por a'i, se volvió como loco y les estuvo preguntando un montonal de cosas a los arrieros, que ya no sabían ni que hacer. La Amparo trató de asosegar al escuincle, pero ni esperanzas. Aquel estaba cada vez más pior. Jué tanta su fregadera que Amparo, pa'

28

calmarlo, les pidió a los siñores que, cuando pasaran por aquel pueblo, se apalabraran con la fulana. Y, ansina debió haber sido, porque como a los ocho o nueve meses regresaron acompañados de la siñora esa.

- ¿Ton's, sí había esa mujer?

- Anda tú, pos luego.

-¿Y se vino con ellos?

-¿No te estoy diciendo, pues?

El anfitrión toma con un pedazo de totopo una porción de frijoles, adornados con grumos de queso fresco, y resbala el bocado con un largo trago de licor.

-¡Ora, deja de chupar!, no me dejes picado, compadre. Sígueme platicando.

- Momento. La cosa jué que no bien divisó a lo lejos a la siñora, guapa por cierto aunque ya no se cocía al primer hervor, el chamaco que pega la carrera pa' recibirla. Se le trepó por las enaguas, y beso y beso. Pero no creas que como se besa a una madre, sino como se besa a una mujer.

- No me digas. Canijo chamaco, pos sí que era precoz, ¿no? De seguro era de los que espiaban a las muchachas cuando se bañan en el río o cuando van a hacer sus necesidades.

-De eso no sé, pero a la fulana la agarraba como si ya juera mayor y no de siete años.

- ¿Y la siñora que hacía, tú?

- Güeno, compadre. Yo no estaba a'i. ¿Cómo cres, tú? A mi me lo contaron después, pero eso sí, jué la misma Amparo que me lo contó todito. La pobre estaba reteasustada, y más por lo que le dijo el padre Eusebio: de que se iba a condenar, ella y su chamaco, por no sé qué pecado mortal.

- No te entiendo, compadre.

- Ni yo tampoco que digamos. Pero déjame terminar, que ya falta poco. Afigúrate, ¿en qué estábamos?, ¡Ah, sí! Ya me acordé. La siñora esa estaba bien asombrada, no sé si por el manoseo que le metió el escuincle o por las preguntas que le hacía: que cómo estaban los chilpallates; que sí no habían pasado pobrezas; que si todavía tenían el rancho, y lo pior...

- ¿Qué?

- ¿Vas a crer?, Qué si todavía tenía el lunar en la chichi.

- No me digas, compadre. Canijo chamaco. ¿No te digo?

- Quesque la siñora se puso lívida y que casi le daba el soponcio. Los que estaban a'í pelaban tamaños ojotes y nomás se veían entre ellos. Amparo más que naiden. La fulana, dicen, se puso a llorar y como que agarró confianza con el niño, y lo trató muy raro en los días que se pasó en casa de la Amparo. Lo mesmo lo trataba como criatura, que como a adulto. A ratos, se iban solos a platicar, y la siñora y el escuincle regresaban con los ojos rojos de tanto chillar. ¿Te sirvo la otra, compadre?

- Güeno, compadre. La charla esta sabrosa. ¿Y qué más?

- Pos me dijo Amparo que, aluego, la siñora se apalabró con ella a solas, y que le dijo que sólo su dijunto marido le había visto ese lunar en el pecho ¿Vas a crer?

- En la madre, que cosas, verdá de Dios. Y ora, ¿ése marido qué...?

- Pos le dijo la siñora a la Amparo que ella era viuda de un jefe cristero, muy valiente y güeno pa' la montada, y que de eso vivía antes de la guerra, domando caballos. Que había estado con la tropa de

"El Catorce" o con Michel, no me acuerdo, la verdá. Que se lo habían echado en un combate en Coalomán, de un plomazo en la cabeza. Y que ella misma lo había enterrado. Pero nomás.

- ¡Ah, jijo! Ya hasta me dio miedo, compadre. Pásame la botella. ¿Y qué más pasó, tú?

- Ya aluego que se jué la siñora, después de hablar largo con Camilo y de que lloraron harto los dos; más bien, los tres, porque Amparo estaba muy mal, la pobre. Despuesito, la cosa se jué sabiendo en la ranchería y hasta en el pueblo. A'i jué cuando el boticario, Don Anastasio, jué a ver a la Amparo. Ya vez que el boticario sabe de munchas cosas y según me dijeron, decía que esas cosas raras sucedían. Asegún él, disque había léido un libro, creo que del mesmísimo Vasconcelos, sobre la India. ¿Tú sabes on'tá eso? Ni yo. Güeno, el hecho es que Don Anastasio dijo que Camilo era un reencarnado.

- ¿Y qué es eso, compadre? La palabrita como que me suena. Creo que la he oído en misa.

- Pos claro, compadre. Nuestro Siñor Jesucristo es el Verbo Encarnado, y resucitó en cuerpo y alma.

- ¡Ah, Dio'! ¿A poco Camilo era como Jesús?

El anfitrión se golpea la frente con la mano en señal de fastidio, arrastra el equipal hacia atrás, apoya su codo en la pierna encorvando su cuerpo y, mirando con firmeza a su invitado, le reprime en voz alta:

- ¡No seas bestia, compadre! Yo no dije eso. ¡Dios me libre y la boca se te haga chicharrón! Lo que decía el boticario es que las ánimas de los muertos se pueden meter en los vivos recién nacidos, y que Camilo era la reencarnación de un dijunto.

- ¡Válgame Dios, compadre! Eso parece cosa del meritito Diablo.

- Lo mesmo dijo el cura Eusebio, y se armó la gorda en el pueblo. Porque pa' los güenos cristianos, decía, la reencarnación era pura brujería o cosa del Chamuco. Al Camilo lo exorcizaron con harta agua bendita y le dieron sus güenos chicotazos. La pobre de Amparo ya ni iba al pueblo a mercar aceite y jabón. Y, cuando mandaba alguno de sus hijos mayores, los molestaban reteharto los vecinos. El padre en misa sólo hablaba de eso, de las blasfemias y de cosas del infierno. El doitor Guzmán decía que era pura i'norancia lo de Amparo, y lo del padre Eusebio, también. Lo cierto es que pasó muncho tiempo pa' que la gente olvidara el asunto. Amparo murió cuando Camilo ya era grandecito. Sus hermanos y hermanas, unos se jueron a Guadalajara, otros pa' la Capital, y dos se largaron al "otro lado". Solo se quedó Camilo cuidando del ranchito. Ya ves que nunca se matrimonió, y jamás iba al pueblo; nomás se le divisaba montando su caballo, pa'rriba y pa'bajo, como sombra. Ya hace unos cinco años que se murió, hasta eso joven, y su hermana, la Gertrudis, me vendió el rancho y los animales. Pero fíjate que hay veces, de noche, que oigo los cascos y relinchos de un penco. Pero no veo a naiden por más que me asomo. ¿Me pregunto si no será el ánima del Camilo que anda buscando a alguien que esté pariendo?

- Ni lo digas, compadre. ¡Salú!

1995

# LA MULA

El tranquilo pueblo yacía entre el Monte Líbano, antaño cubierto de cedros, y el Mediterráneo casi siempre azul. Los olivares, única riqueza, manchaban con su verdor la tierra parda. Algunos carneros pastaban en los alrededores y las mujeres, vestidas y cubiertas de negro, atendían sus humildes hogares y a su numerosa prole. El clima era frío pero aún no se presentaban las lluvias invernales y las nevadas en los picos brumosos. Algunos hombres se afanaban en preparar la tierra con la esperanza de llegar a cosechar el trigo necesario para el pan nuestro de cada día.

En la villa drusa de Chuayfet nunca pasaba nada. Si se deseaba salir de la monotonía, cosa poco probable, era necesario trasladarse, si se tenía el dinero suficiente, a la cercana ciudad de Beirut. Ahí se podía uno embriagar con arak (anís) sin sufrir la censura social, fumar el tabaco o el hashish en un narguile (pipa de agua), alquilar una puta o sorprenderse con el novedosísimo y rudimentario cinematógrafo traído por los franceses, para luego regresar al pueblo y presumir de la experiencia a los amigos y parientes.

La tranquilidad de la pequeña población fue rota un día. ¡Por ahí vienen los turcos! ¡Vienen huyendo de los ingleses! ¡Faisal Ibn Hussein y Il'aurens los han derrotado! Estos fueron los gritos que despertaron a la gente. La excitación se apoderó de todos. Las mujeres se asustaron y elevaban plegarias al Dios todo poderoso y misericordioso para que sus maridos no hicieran lo que ellas temían que iban a hacer.

En torno a las mesas de tauli (bagamon) los varones discutían la situación.

- Deberíamos, por lo menos, mandar a alguien a ver cuántos son- dijo Amín.

- Rashid dice que son pocos. Unos cuarenta o cincuenta- informó otro -. ¿No es así?

- Estoy seguro que vi a toda la columna- respondió -. Si nos juntamos podemos ser tantos como ellos. Además de mi escopeta, mi cuñado Fuad tiene un fusil. El está enfermo, pero le prestaría el arma a alguien más.

El plan comenzaba a tomar forma y los ánimos se fueron exaltando. Algunos discutían que en realidad no había demasiado resentimiento contra los turcos. Otros, por el contrario, hablaban de las crueldades y ofensas recibidas por parte de los bachá (oficial otomano). El que tenía miedo trataba de no mostrarlo. Un druso temeroso era imperdonable. ¿Acaso no sabían que al morir resucitarían en otro druso? ¿No se aseguraba que hasta los valientes kurdos reconocían el coraje legendario de la tribu? ¿No habían enfrentado a maronitas y a franceses juntos, medio siglo antes y, pese al peligro de extinción, sobrevivieron con honor? De hecho la decisión estaba tomada de antemano, no se podía dejar pasar la oportunidad de pelear y conseguir, desde luego, el botín de guerra.

Las mujeres, que se atrevían a hablar, trataban de convencer a sus hombres de lo peligroso de la empresa. Marsha le decía a su hermano Rashid: Tú que necesidad tienes de arriesgarte, no te hace falta nada. Mejor deberías pensar en casarte y tener hijos, en lugar de estar alborotando al pueblo. Sí son ustedes derrotados, ya conoces como son los turcos, vendrán y nos fastidiarán a todos. ¿Acaso no sabes lo que están haciendo esos desalmados con los armenios?

Sentado a la mesa estaba Ammar. Como siempre, inquieto en cuerpo y alma, con esos grandes ojos grises que todo escudriñaban, y con ese espíritu rebelde que tantas palizas, por parte de su madre, había ocasionado; ya que su padre, cosa rara entre los árabes, poco contaba. En la mente del púber las fantasías fluían. Ya se imaginaba a sí mismo comandando la tropa, montando un corcel y arremetiendo contra los turcos, ganándose el respeto de los adultos. Pero cuando veía a su mamá el entusiasmo se enfriaba. Marsha era una mujer enérgica, dominante. Ella había detentado la máxima jerarquía familiar y hasta los parientes masculinos la respetaban y trataban como a un igual, esto es, cual si fuese un varón.

Como era de esperarse, nadie convenció a los "guerreros" de abstenerse de ir al encuentro de la tropa turca que huía hacia el norte, en busca del refugio que su patria pudiera brindarles. Antes del amanecer ya marchaban, subiendo las lomas semiáridas, pletóricos de confianza y optimismo. Rashid, la noche anterior, había buscado el fusil de su cuñado y no lo pudo hallar. Un poco decepcionado se reunió con sus compañeros, pero constató que todos llevaban algún tipo de arma: antiguos rifles de "chimenea", escopetas de cacería, impresionantes pistolas y muchos puñales. Nadie tenía experiencia militar, pero por tradición estaban listos para la lucha: "Si por la fuerza de la espada se entrara al paraíso, los drusos serían los primeros".

Cuando se encontraban a pocos kilómetros de su aldea se oyó una exclamación que interrumpió las múltiples y amenas charlas del grupo en marcha. ¡Wa-Alhá! (¡Olé!, por Dios), miren quién viene siguiéndonos desde que salimos. ¡Sal de ahí, bribón! ¿Sabe tu madre que vienes acá? !Rashid, aquí está tu sobrino!

El travieso Ammar los había seguido, a respetable distancia, desde su salida y, claro está, portaba el fusil de su padre. El chamaco con los ojos azorados miraba a su tío. Este no podía ni hablar, pero al fin lo hizo.

- Infeliz, tu madre me va a matar, va a pensar que yo te traje. No corras. ¿Adónde vas? Ven para acá, ya estamos muy lejos de casa. Desgraciado, en que problema me has metido. Y ahora, ¿qué voy a hacer contigo?

- Pues nada- contestó Ammar, envalentonado-, vengo a pelear no a que me cuiden.

Todos rieron hasta las lágrimas. La prestancia del mocoso les divirtió y conmovió a la vez. Durante el resto del trayecto el niño fue la comidilla y dio pié para que, los más viejos, relatarán sucesos semejantes vividos por la comunidad. En especial cuando la guerra contra los católicos maronitas a mediados del siglo XIX o sus frecuentes pleitos con los musulmanes sunnitas.

Tras algunas horas de marcha la vanguardia alertó sobre la polvareda que se levantaba más adelante. Sin duda era la tropa turca. Apresuraron el paso para posesionarse de unos montículos por donde los turcos deberían pasar. Cuando se instalaron en las alturas pudieron atisbar a sus "enemigos". Realmente causaban lástima. Sucios, desarrapados, cansados: la imagen viva de un ejército derrotado. ¿Cuántos kilómetros no habrían ya recorrido alejándose del general Allenby o de los beduinos de Lawrence? Venían en su mayoría montados en buenos caballos y con unas cuantas mulas de carga. Estaba próximo el crepúsculo cuando los drusos iniciaron la balacera. Los sorprendidos soldados buscaban desesperados una roca o promontorio donde protegerse. Los disparos les llovían certeros y apenas si podían responder a los atacantes. Para su fortuna, pronto cayó la noche. Uno que otro disparo se escuchaba esporádicamente. Ammar había estado al lado de su tío, quien no le quitaba la vista de encima. El muchacho no había podido disparar su arma, pues cada que se preparaba para intentarlo, su tío lo regresaba de un coscorrón. Debió suceder a menudo ya que estaba saturado de chichones.

En la oscuridad, tanto emboscados como acechantes se las arreglaron para beber y comer algo. El muchacho se quejó porque quería orinar y acostado no podía hacerlo. El tío le permitió arrastrarse un poco y así poder descargar la vejiga. En ese momento Ammar vio el destello de un disparo. Sin pensarlo más levantó su fusil. Apuntó. Y disparó. ¡Ya me dieron!, berreó una voz en árabe. Ammar se quedó petrificado. Rashid le clavó su mirada inquisidora y, más abajo, Amín se quejaba a pleno pulmón.

- Cómo eres idiota, Ammar- susurró Rashid-. ¿Qué tenías que estar disparando, animal? Ya le diste a Amín.

El muchacho no sabía qué hacer, empezó a temblar, en la garganta sentía un nudo y en el estómago un gran vacío; hubiese querido que la tierra se lo tragara para siempre. No se atrevió a moverse más.

Al amanecer, en la hondonada se veían los cadáveres de algunos desdichados soldados turcos. La mayoría habían escapado aprovechando las tinieblas. Dos o tres heridos fueron pasados a cuchillo y sus penalidades terminaron. Los atacantes victoriosos procedieron a la rapiña y al reparto del botín de guerra. Amín, quien quedaría cojo de por vida, indicaba con el dedo a sus parientes lo que quería o, mejor aún, lo que quedaba. En realidad, sólo Rashid se había dado cuenta que la certera bala, que había ocasionado al único herido entre ellos, fue la disparada por su sobrino.

- No te preocupes, no le voy a decir a nadie. Pero cómo eres bestia, muchacho.

Ammar se arrimó con el grupo de saqueadores que daban cuenta de las botas, las frazadas, las armas o cuanto se encontraban en los bolsillos de los difuntos. Por lo pequeño era alejado fácilmente de los lugares de interés. Sin embargo, cuando ya se estaba decepcionando, vio a unos cuantos metros una mula bermeja, grande, hermosa. Ni tardo ni perezoso corrió a ella y la tomó por la brida. Naguib, pedante y abusivo, trató de quitársela, pero se llevó una buena patada en la espinilla propinada por el niño. Cuando intentó tomar venganza se enfrentó con la pesada mirada de Rashid, a quien le regaló una sonrisa forzada. Se alejó del lugar volteando la cabeza de vez en cuando.

-¡Quédatela, es tuya!- le dijo Rashid a su sobrino. Y Ammar se sintió realmente feliz e importante.

Tras limpiar el campo de batalla de cualesquier objeto útil, la informal tropa emprendió el camino de regreso a casa. Amín fue un problema. Todo el camino se quejó del dolor y aseguraba, cuando no chillaba, que al turco que lo hirió, él lo había matado de un balazo en la frente. Nadie recordaba haber visto un cadáver con ese tipo de herida, pero el gusto que el botín les reportaba era mayor que su afán por llegar a conclusiones balísticas.

Era ya bastante tarde cuando entraron en el pueblo, en medio de vítores y aplausos. Todos regresaban vivos y, para los cánones locales, ricos. Sólo había una cara compungida en el grupo: la de Ammar. De su mente no se alejaba la imagen materna. Lo iban a desollar vivo, le echarían sal después, y lo mandarían a dormir en el establo.

- Tío Rashid, ayúdame con mi mamá, ¿no?- imploró el muchacho.

- ¿Qué puedo hacer?- contestó compadecido -. Es más, si me presento ante tu madre a los dos nos va a ir muy mal. Sólo puedo desearte suerte. Que Dios te ayude.

Los pocos metros que lo alejaban del portón de su casa le parecieron eternos, tortuosos, lúgubres. Ahí estaba su madre, con el rostro descompuesto y con un fuete en la mano, que chocaba rítmicamente en la otra. Respondiendo al mero instinto de conservación, Ammar se puso tras la mula y la fue empujando por las ancas, asomando la cabeza de vez en cuando y volviéndola a ocultar para moverla negativamente. Marsha vio la escena dual formada por el hijo y la mula. Y se echó a reír. Recibió al muchacho con lágrimas de alivio, desvaneciéndose su ira. Fingió enojo y lo asió de los cabellos. Presentándolo a su marido le dijo: Viejo, ¡Ya hay otro hombre en la familia!

1995

# VOCACION CABALLERESCA

He tenido todo para ser feliz. He sido rico, bien parecido, sano, culto y se supone que también inteligente, pues terminar la carrera de ingeniero químico en nueve semestres con buen promedio, no cualquiera lo hace. Pero, ¿qué es lo que me sucede? ¿Por qué se me complica la existencia? ¿Por qué las cosas me salen diferente a como las planeo, si siempre he sido meticuloso y ordenado?

Haber sido hijo único tiene sus pros y sus contras. Tal vez mis padres exageraron en sus expectativas respecto a mí. Mi madre buscó que fuera un caballero sin tacha, educado, propio. Mi padre me quería un estudiante brillante y un profesionista de éxito, como él mismo había sido. Creo que no les fallé a ninguno de los dos. Julio, mi mejor amigo, me dice que me excedo de caballeroso con las mujeres, que hay que saber ser mañoso y audaz, pero creo que está equivocado. A las muchachas les gusta ser tratadas con delicadeza y disfrutan la sofisticación. Si me apresurase a besarlas o a invitarlas a la cama, pensarían que estoy necesitado e iría contra la imagen que ellas se deben formar de mí. ¡Julio no sabe!, es muy burdo y corriente. El mismo se reconoce como "El Telegrama" o sea, amarillo y ordinario. La muestra que mi técnica es la adecuada la tuve cuando estuvimos en la facultad. El pobre andaba muy solícito con Patricia y fui yo quien la conquistó. Es verdad que tuve que terminar con ella cuando, tras presentarla, mi madre me exigió que la dejara por ser, según sus propias palabras, "casi una negra", apoyada por mi padre quien me dijo que la chica era demasiado humilde y que esperaba algo mejor para mí. Fue muy embarazoso explicarle a Patricia porqué terminaba con ella. Creo que mi imagen se erosionó un poco, pero me hubiese comprendido de haber atestiguado el drama que hizo mi madre. Claro que presenté resistencia. Pero oír de boca materna que debí ser yo el muerto y no mi hermanita, fue suficiente para acceder a la voluntad de Mamá. Julio estaba fuera de sus casillas cuando lo supo y, mostrando sus complejos, aseguró que de haber tenido automóvil o dinero para invitarla a salir ella sería su novia, a pesar de su baja estatura y rasgos faciales infantiles. ¡Iluso!

¿Por qué será que mis relaciones con el bello sexo se embrollan? Mis gustos no son simplones, es cierto. Siempre he preferido mujeres independientes, seguras de sí mismas, estereotipadas tal vez y, desde luego, atractivas. Recuerdo el gran amor de mi vida: Lucy. Era morena clara, pero elegante. Su figura era un sueño. Por algo actuó desnuda en una escandalosa obra de teatro que hizo época. Me costó mucho esfuerzo, tiempo y recursos cortejarla, pero mi constancia tuvo frutos. Ella tenía, obviamente, mucha experiencia por lo que su opinión favorable de mi desempeño en la cama fue muy reconfortante. ¡Lástima! Cuando le pedí que fuera mi esposa se resistió en un principio, pero al fin la convencí. Su apellido extranjero satisfizo a mis padres, aunque tenían sus dudas respecto a su trabajo en la farándula. Claro que ahora, el ser cómica, no es como en los tiempos de la "Naná" de Emilio Zola. Hasta las campañas presidenciales norteamericanas exigen la presencia de actores, deportistas y cantantes de moda para allegarse seguidores. Una reunión con "clase" es incompleta si no se encuentra entre la concurrencia algún "famoso", ya sea actor, boxeador o vedette. Grace llegó a ser princesa de Mónaco ¿O no? ¡Lástima! Cuando organicé la presentación oficial de mi prometida ante mi numerosa familia, con una costosa cena como marco, fue decepcionante que Lucy nunca llegara a la cita. Menos mal que me plantó ahí y no en la iglesia. Eso hubiese sido muy vergonzoso. Esa misma noche la fui a buscar y me explicó que "no estaba preparada para el matrimonio, ...su carrera artística, ...lo estirado de mi familia, ...mejor era terminar". Sufrí el desencanto y no la vi más. Bueno, en verdad sí la volví a ver, pero en fotografías de revistas para caballeros. ¿Qué se habrá hecho? ¡Al estrellato jamás llegó! Nunca fue "artista exclusiva" de Televisa. Hace ya algunos años que dejé de buscarla en revistas especializadas; lógico, ya no ha de emocionar su físico, la gravedad terrestre es implacable. Como dice el vulgo, ¡Todo por servir se acaba!

Constante siempre he sido. Continué incursionado con chicas del medio artístico. En un bar de la Zona Rosa tocaba un conjunto mediocre, pero que contaba entre sus integrantes con una beldad. Su música no me agradaba, pero asistía a escucharla casi a diario. En ocasiones invitaba a Julio para no estar solo en el bar entre presentación y presentación del conjunto musical. Coheché a un mesero para poder acceder a Berenice, que así se llamaba la corista. Primero le envié flores, después, cuando pude platicar con ella en la mesa del bar, le regale un buen anillo. Cuando pensé regalarle un collar más conveniente Julio se interpuso en mi decisión. Me dijo que era evidente el que uno de los músicos era su pareja, que me engañaba con esa chica y que corrían riesgo tanto mi patrimonio, como mi integridad física. Corte con la amistad, de Julio, por supuesto. Al poco tiempo me reconcilié con él, tras una golpiza que me dieron el músico y el malagradecido mesero. Berenice estaba lista para recibir mis obsequios, pero no para que la siguiera hasta su departamento e intentara verla en ausencia de su marido o amante.

Mi relación más problemática fue con Benedicta. Ella no era muy bonita, pero sí muy distinguida. Miembro de una aristocrática familia falangista que residía en Madrid todo el año, excepto en verano cuando radicaban en Marbella. El conducto para conocerla fueron mis padres que, en uno de sus viajes a Europa, hicieron íntima amistad con los progenitores de Benedicta. Mi madre regresó emocionada y me insistió que la conociera. Empecé a ilusionarme. Viajé a España al terminar mis estudios universitarios y platiqué con la españolita dos o tres ocasiones. Nos carteamos con regularidad y decidimos casarnos. Mi madre no cabía de contento. Cuando ya se había fijado fecha para el matrimonio, a Franco se le ocurrió ejecutar a "garrote vil" a unos jóvenes etarras. El presidente Echeverría reaccionó rompiendo toda relación comercial y turística con la Madre Patria. Ni Benedicta podía venir a México, ni yo viajar a España. Se acordó un terreno neutral: Miami. Yo me adelanté a mis padres para recibir a mi futura familia, la cual fletó un jet ejecutivo para transportar a sus parientes y amigos quienes casi llenaron el hotel. Estando ausentes mis padres se realizó la ceremonia civil para, al día siguiente, ya presentes mis padres, efectuar el sagrado sacramento ante un sacerdote católico. En el inter, o sea la noche de mi matrimonio civil, después de departir con los peninsulares en el comedor del hotel, decidí acompañar a mi esposa a su cuarto para charlar a solas y para intentar recibir un merecido anticipo de dicha conyugal. Ella se resistió. Yo, no deseando violentarla, procedí a convencerla verbalmente basándome en Freud, Reich, Fromm y Bertrand Russell. Me las di de ser un hombre de mundo, liberal y moderno, sin prejuicios, abierto a los cambios que la "Era Hippie" establecía, entiéndase "amor libre". Llegué a asegurarle que la fidelidad es por convencimiento y no por contrato o sacramento. Benedicta se levantó del sillón donde platicábamos como si estuviese ante un psicópata. Salió apresuradamente del cuarto y se dirigió de inmediato al de sus papás. Desde el corredor, muy mortificado, escuché gritos, sollozos e imprecaciones. El "suegro" salió y me dirigió una serie de reclamos e improperios entre los cuales recuerdo: "canalla", "degenerado", "inmoral" y, lo peor, "anarquista". Yo traté de explicarle que no hubo dolo de mi parte, que había sido mal interpretado, que yo era bueno. Todo fue inútil. Al final de la perorata me amenazó con acusarme con mi mamá y mi papá, cuando estos arribaran en pocas horas a Miami. No pude dormir muy bien y me sentí un poco desorientado. ¿Hablé de más? ¿Pero qué dije tan nefasto? ¿Qué pasó? Yo no soy anarquista, ni rojo, ni siquiera hippie; en pocas ocasiones fumé marihuana, pero juré públicamente no reincidir y lo he cumplido cabalmente.

Al día siguiente de la acalorada discusión estaban en el "lobbie" del hotel mis cuasisuegros, esperando con impaciencia la entrada triunfal de mis padres. No bien los vieron llegar, vertieron sobre ellos todas sus quejas. Lo sorprendente para mí fue que mis papás les dieron la razón, y se declararon incapacitados para avalar mis principios morales. Mi "suegro" se infartó y fue llevado de emergencia a un hospital, de donde salió al tercer día para abordar el avión en compañía de su esposa, mi esposa y amigos que los acompañaban. Mi madre no me dirigió la palabra sino meses después en su lecho de muerte. Mi padre sí me hablaba pero para recordarme, constantemente, que estaba avergonzado de mí y que era, ustedes perdonarán, un pendejo. Durante meses se llevó a cabo un juicio civil epistolar para anular el matrimonio.

Sólo en una situación me he sentido tan inquieto como en aquella ocasión. Esa fue durante un viaje por carretera con dos amigos a través de Centroamérica, cuando en la frontera entre Guatemala y El Salvador, al ser revisada la cajuela de mi auto, fui encañonado por unos nerviosos soldados al percatarse del estuche de mi violín; se han de haber imaginado que ahí había una ametralladora como en las películas de "gangsters", pero nos dejaron ir cuando comprobaron, inverosímilmente, que en efecto contenía solo un instrumento musical. Por cierto que mis libros de Krishnamurti, que siempre llevo conmigo, fueron motivo de un tardado escrutinio por parte de los agentes aduanales, quienes estaban seguros que se trataba de "literatura subversiva".

Nunca he vuelto a saber de Benedicta. ¿Se habrá vuelto a casar? Yo sí me volví a casar. Los hechos estuvieron de la siguiente manera. Entré a laborar en una corporación bancaria donde mi papá me recomendó, aquí sí, plenamente. En las elegantes y amplias oficinas laborábamos varios ingenieros, abogados, economistas y contadores. Había muchas secretarias ejecutivas, y una de ellas me emocionó, me fascinó, me enloqueció. Pronto dejé de seguirla con la vista para seguirle, literalmente, los pasos en forma insistente. Un compañero de oficina me profetizó problemas, que en efecto se materializaron, ya que la señora era cuñada de mi jefe inmediato. Esto es, que era la esposa de su hermano. Si bien estaban separados, no era del agrado de mi jefe que cortejara a la exmujer de su pariente carnal. Excuso detalles de los conflictos que esto me acarreó en mi trabajo y, más aún, en mis eventuales promociones profesionales. Ella, hay que reconocerlo, me evadía.

Pero, como ya dije, soy porfiado y metódico. Salimos primero al café, después al bar y por último al motel. Siempre he deseado establecerme y formar un hogar. Las aventuras amorosas fugaces no me interesan. Me gusta la permanencia y la continuidad. Le propuse matrimonio y me costó mucho convencerla. Su oposición se basaba en cosas pueriles como que acababa de divorciarse, que me llevaba nueve años de edad y que sus dos hijas tenían 19 y 17 años, respectivamente. Por fin, nos casamos. Mis padres no pudieron intervenir porque ya estaban difuntos. De ellos recibí una herencia relativamente importante y no tenía dificultades económicas, aunque tuve que renunciar a mi magnífico empleo por las razones ya expuestas.

Nuestra luna de miel la pasamos, entre otros lugares, en la India, donde viví experiencias espirituales supremas. Mi mujer, Verónica, creo que no disfrutó mucho estas vivencias místicas, ya que no quiso regresar cuando, habiéndose vencido la visa, retornamos a México. Yo no me podía perder un festival hinduista, renové la visa y una semana después estaba nuevamente en Madras. Ella se quedó en mi casa paterna de Las Lomas, donde vivimos durante algunos meses, misma que abandonamos y malvendimos por la presencia cotidiana de las ánimas de mis padres que, aunque no nos agredían, era bastante molesta y sobresaltante. Las hijas de Vero vivieron con nosotros en la nueva casa que mandé construir. La mayor se marchó pronto con su padre a Estados Unidos. La menor permaneció, pero el ambiente, decía ella, no le era agradable. Las dificultades surgieron por motivos ajenos a mí. Vero era muy tolerante con sus hijas y consideré, como jefe de familia, que deberían seguirse ciertas normas de horario, actividades, etc. La relación con mi hijastra se agrió drásticamente y mi mujer se encontraba lejos de poder mediar. Finalmente, a los pocos meses, decidí abandonar por una corta temporada el hogar, dejando bien instaladas a Vero y a la niña. Yo me fui a una casa de huéspedes, donde me sorprendió el terremoto de 1985. Mi principal ingreso, un edificio de oficinas en la Colonia Roma, se colapsó. No he hallado empleo a mi gusto y los dólares que me dejó mi padre los he invertido en una soberbia casa de cantera rosa en Valle de Bravo, que no veo cuándo terminarán los cada día más costosos detalles arquitectónicos finales. Julio, al que paulatinamente veo menos, me ha insistido que regrese o recupere mi casa, pero no puedo dejar sin protección a Vero, sería una canallada. Han pasado algunos años y la reconciliación la creo imposible: ¡ella no tiene proyecto de vida y yo, sí!

En la casa de huéspedes que aún habito, he conocido a Genoveva, 22 años menor que yo, a la que he enseñado a leer y algunas otras cosas más. No obstante que salimos al cine los domingos, que son sus días libres, me es imposible llevarla a cenar al University Club. ¿Por qué las cosas me salen diferente de como las planeo?

1996

# LA CAJA

La reunión de la sociedad de Padres de Familia dio inicio a las 10 de la mañana en la escuela primaria particular "Colegio España". Como siempre Álvaro estaba presente en primera fila platicando con las madres asistentes. Por cierto que el era el único papá en la reunión y las señoras lo tenían como un ejemplo imposible para sus maridos. Alvaro también tenía obligaciones de trabajo pero siendo su mujer aeromoza era él quien dedicaba mas tiempo en cubrir las demandas de sus dos hijos. Al ser tanto su entusiasmo por participar en todas las ceremonias, festivales, quermeses, graduaciones y charlas informativas se le eligió como presidente de la mesa de padres de familia.

En esta ocasión se trataba de volver a conmemorar el Día de Muertos con toda la pompa tradicional de "Las Ofrendas", tradición que ha mantenido el México central y sureño. El año anterior el salón de Alvarito había sido premiado con el primer lugar por la riqueza y abundancia de su ofrenda. Para esta oportunidad Alvaro no podía hacer menos y empezó a rumiar algo que fuese inolvidable, llamativo, sorprendente, impactante, original... ¡Nunca antes visto!

Para Alvaro la propuesta de ofrenda se volvió obvia: además del pan de muerto, los cigarros "Delicados", la botella de mezcal, los tamales, el dulce de calabaza, la sal, el agua fresca, las flores de cempasúchil y las velas, debería haber …una caja de muerto, un féretro, un sarcófago, un ataúd.

Circulando en su camionetita compacta de cinco puertas, pasó cerca del Hospital General y, a espaldas de éste, vio muchas funerarias populares. Se estacionó, con mucha suerte, frente a una de ellas, la más humilde, la menos presuntuosa. Fijó su atención en las diversas cajas como si estuviera seleccionando una televisión. El dueño del establecimiento se dirigió a él con excesiva amabilidad y cortesía. Desbordó sapiencia en cuanto a materiales, calidades, funcionalidades, ornamentaciones, durabilidad. Alvaro, tras permitir el desahogo de la verborrea fue al grano:

- Necesito el ataúd más barato, corriente y simple que tenga.

Hasta ese punto el comerciante se mantuvo ecuánime y le mostró lo peor que tenía a la venta, pero cuando Alvaro detalló el objetivo último de la caja el vendedor quedó anonadado; durante varios segundos fue incapaz de practicar su característica oratoria. Al fin pudo recuperar la compostura y compartir con el cliente un ánimo festivo. Invitó a

Alvaro a la trastienda donde en medio del terrible desorden de artículos de cocina, estufa de petróleo, sábanas, papel periódico y demás deshechos se encontraba un féretro negro aportillado y con diversidad de tonos grisáceos. Le mostró el interior con la tela descolorida y le confesó que, en verdad, era de segunda mano, no por haber sido sepultado, sino por gajes del oficio que desembocaron en el retorno de la mercancía al local. Le aseguró que el difunto era muy limpio, hasta donde él sabía, y que no sufrió de enfermedad contagiosa alguna; en realidad se tenía el proyecto de darle una "manita de gato" para ofrecerla en la vitrina. La discusión del precio llevó casi media hora y entre chistes y chanzas Alvaro se convirtió en el feliz poseedor de una verdadera ganga necrófila.

Los problemas comenzaron al intentar meter la caja en la pequeña camioneta. Con la ayuda del comerciante a duras penas pudieron introducirla por la parte trasera y arrinconarla para que el chofer pudiese conducir sin riesgo de recibir un golpe en el parietal derecho. No bien se dirigió a la escuela tuvo la sensación de que todas las miradas se dirigían hacia su vehículo; en los semáforos Alvaro mantenía la vista al frente en forma obsesiva y permanente pues cuando de reojo veía al conductor aledaño su mirada perpleja le inducía a reír o a sonrojarse, según fuera el semblante.

Ya era tarde cuando Alvaro llegó a la escuela de sus hijos, los cuales habían sido, en esta ocasión, recogidos por su mamá. El plantel estaba vacío y se dirigió al conserje para que lo ayudara con "el paquete", enriquecido con todo el ajuar de la ofrenda. Sólo la simpatía que sentía por el susodicho padre o tutor logró que el vigilante colaborara en la mudanza tras varios minutos de explicaciones, detalles, comentarios y bromas tétricas. Después de pocas horas, Alvaro terminó su tarea para que al día siguiente se hiciera la solemne inauguración de las Ofrendas de Día de Muertos.

Al salir a la calle Alvaro se encontró con una significativa concurrencia de vecinos de la escuela. El alboroto surgió a partir de los comentarios, entiéndase chismes que se propagaron: ¿quién se habrá muerto en el colegio? ¡Dicen que un chamaquito se ahogó con palomitas! ¡No, lo que pasó es que la maestra de kínder, la viejita, se infartó! En minutos hizo teatral arribo el director de la escuela. Primero habló con el conserje, después con Alvaro y, finalmente, procedió a tranquilizar, en lo posible, al vecindario. "Aquí nada ha pasado", dijo, dirigiendo una mirada homicida al ejemplar padre de familia. Alvaro se fue con cierta aprehensión a su hogar a platicarle lo sucedido a su cónyuge y vástagos.

Al día siguiente se realizó la ceremonia inaugural de las Ofrendas. Sería ocioso apuntar que toda la chamacada se precipitó hacia la caja del muerto la cual tenía, además de lo impactante, una mano ensangrentada de plástico sobresaliendo. Los más pequeños se paraban de puntillas para observar con más detalle, y volvían a regresar para confirmar que no habían pasado por alto ningún detalle. La frase cotidiana ese día fue: ¿Ya viste al muerto? El director le exigió a Alvaro que retirará la terrífica mano amputada: "Por favor, Señor Alvaro, eso ya es demasiado. Esto es una tradición mexicana, no es jalogüin". El primer premio lo ganó, desde luego, el Grupo Tercero "B" por lo espectacular de su ofrenda. A Alvaro se le advirtió que en las siguientes exposiciones él fungiría como juez dado que ya llevaba tres premiaciones al hilo.

La situación comenzó a ser embarazosa para Alvaro cuando tuvo que desmantelar la Ofrenda y llevarse sus tiliches. Por primera vez se preguntó: Y ahora, ¿qué hago con el ataúd? En la noche dejó estacionado su automóvil, como siempre, en el estacionamiento del condominio donde vivía. Ya se las arreglaría por la mañana para deshacerse de la caja.

En efecto, Alvaro dejó a un lado todas sus actividades, tanto laborales como sociales, para dedicarse a desprenderse del estorbo. Primero fue a la funeraria. Solicitó la mitad de lo desembolsado anteriormente, pero el comerciante se negó a adquirirlo. Después decidió dejárselo sin pago alguno pero el sujetó lo rechazó. Sin duda el armatoste le había ocupado demasiado lugar y estorbado durante mucho tiempo. Sin lograr su objetivo, Alvaro regresó a casa, no sin antes mermar su bolsillo al enfrentar a un honesto y comprensivo agente de tránsito que lo detuvo por fungir como carroza fúnebre sin la documentación establecida en el reglamento correspondiente. Alvaro comenzó a preocuparse.

La jornada siguiente inició con una manifestación de condóminos, todas ellas mujeres, que exigían la eliminación inmediata del objeto aterrador que empezaba a formar parte del paisaje del conjunto habitacional. La esposa de Alvaro tuvo que intervenir para evitar que su marido fuese linchado; la repulsa social fue suficiente, por el momento. La presión matrimonial fue drástica: "O te deshaces de esa mugre, o mañana no duermes aquí. ¿Lo has entendido, menso?

Habían transcurrido tres largos días, llevando a cuestas la caja infame; cuando veía algún "mordelón" entraba en pánico, pero éste no fue nada comparado con el que padeció al salir del asilo de ancianos del

"Comité de Damas Vicentinas", donde había ido a obsequiar el paquetito. ¡Lárguese de aquí con su porquería! ¿No se da cuenta de que si nuestros viejitos lo ven se van a asustar hasta el infarto? ¡Es usted un desconsiderado insensible! ¡Largo de aquí si no quiere que llamemos a la policía! ¡Idiota!

Algo parecido tuvo que padecer en los diversos hospitales, dispensarios y clínicas de gente pobre y rumbos deprimidos. Nadie quería recibir el ataúd. "Usted cree que voy a meter a mi viejo en una caja usada. Usted está loco, señor", le dijo una recién estrenada viuda.

Lo que tenía que suceder, sucedió. Alvaro, su auto y su caja terminaron en la delegación. El cohecho, en esta ocasión, no prosperó. Frente a la barandilla del Ministerio Público estuvo varias horas; su labia lograba ganar tiempo y cosechar simpatías. Ahí fue testigo de múltiples denuncias, quejas y súplicas de los desamparados ciudadanos. La más trascendente fue, sin duda, el homicidio de un individuo rijoso y alcoholizado cuya mujer lloraba intermitentemente. Alvaro se percató de la evidente pobreza de la señora que manifestaba afligida la imposibilidad de darle sepultura. De inmediato, se dirigió a ella y le propuso regalarle el féretro sin omitir las cualidades del mismo y ofreciéndose a llevarlo a donde ella dispusiera. Vencida la natural desconfianza, la señora accedió a recibir el generoso obsequio. Alvaro benefició económicamente al personal de la oficina gubernamental y luego cumplió, formalmente, con la entrega; salió corriendo, sin voltear en ninguna ocasión, hasta poder llegar a su apartamento y dormir, ahora sí, plácidamente por 18 horas seguidas.

2009

# La Decisión

Arun Kummar no podía ocultar su nerviosismo. Sus movimientos eran inquietos, no obstante la fama de ecuanimidad que lo había caracterizado desde su llegada al laboratorio de la compañía, tres años atrás. Había sido citado a una entrevista con el gerente general de la General Drugs Inc. (GDI), Mr. John Fielder. Sufrió una breve espera. La guapa recepcionista le indicó que pasara a la antesala, donde lo recibió la secretaria particular, una mujer madura y de actitud severa. Nuevamente tuvo que esperar. Minutos después fue introducido a la enorme oficina del ejecutivo, quien lo recibió con una amplia sonrisa. Dentro se encontraba otro personaje que Kummar no conocía. Mr. Fielder lo presentó como James Spinburg, importante accionista de la empresa. Los invitó a tomar asiento y, tras encender un largo habano, inició diciendo:

- Estamos muy satisfechos con su trabajo y los sorprendentes logros que ha reportado con relación a sus investigaciones, Dr. Kummar. El Dr. Francis, su jefe, cree que su descubrimiento puede ser muy trascendente. He dado instrucciones para que reciba un bono suplementario por una suma adecuada a la calidad de su hallazgo.

- Le agradezco su amabilidad- respondió Kumar, pero...

- Supongo que el Dr. Francis ha hablado extensamente con usted- interrumpió James Spinburg. La importancia del descubrimiento exige manejarlo en forma muy discreta para evaluar su eventual divulgación.

- Sí, en efecto, el Dr. Francis me ha dicho que el proceso de registro de patente es lento- respondió Kummar.

- No estamos hablando sólo de la patente, la cual es propiedad de la compañía, de acuerdo al contrato que usted ha firmado con nosotros- aseveró Spinburg. Me inquieta saber que usted insiste en la publicación de sus estudios en alguna revista científica, y eso, está fuera de toda discusión.

Kumar percibió un tono por demás agresivo por parte del copropietario empresarial. Sin embargo no dejó de anotar que, para cualquier científico, era fundamental la publicación de sus experimentos y resultados. Insistió en que las regalías, producto de la comercialización, no era un aspecto que a él le incumbiera. No así el aspecto científico involucrado.

El gerente general intervino en forma mediadora y le indicó a Kummar que lo que se le estaba pidiendo era que esperara para dar a conocer a la comunidad científica su descubrimiento, no porque éste estuviera incompleto, pues sabía que muchas pruebas en seres humanos ya se habían realizado con resultados positivos, sino por aspectos de tipo administrativo, los cuales debían manejarse con otros criterios diferentes a como los percibiría un investigador. La paternidad de los hallazgos se le garantizaban. El asunto era sólo de tiempos. Le informó que se estaba planeando lanzar una campaña publicitaria de gran envergadura y se requería de un proceso, un tanto cuanto, tardado. Poniéndose de pié, insinuando que la plática había terminado, se despidió cordialmente de Kummar. Spinburg ni siquiera se levantó y con rápido movimiento de cabeza saludo al científico, quien salió de la sala confundido, insatisfecho, aprehensivo.

- ¿Qué se cree ése negro hindú?- gritó Spinburg cuando hubo salido Kummar. No tenías porque darle tantas explicaciones. Trabaja para nosotros y se acabó.

- Calma, James. Ponte en su lugar. Lo que ha encontrado puede significarle el Premio Nobel de Medicina. El trabajo lo hizo prácticamente solo. Puedo decirte que únicamente al final de sus estudios le dimos el apoyo adicional que requirió, como fue conseguir, llamémosle, voluntarios para sus pruebas entre condenados a cadena perpetua y vagos viciosos. Por otro lado, va a ser difícil que podamos mantener esto entre nosotros. Precisamente los voluntarios pueden soltar la lengua. No son muchos, pero están muy sanos. Es cierto que les engañamos diciéndoles que habían sido mal diagnosticados, pero temo que más de uno no lo crea. Por mi parte me encantaría dar ya una conferencia de prensa. ¿Te imaginas el prestigio que ganará nuestro laboratorio y las utilidades que recibirán los accionistas?

- ¡No entiendes nada, John!- increpó Spinburg. Por lo que veo a ti también debo controlar. Este asunto va más allá de lo que piensas. Mañana voy a entrevistarme con el Presidente, el Ministro de Defensa y otros "cacas grandes". Recuerda que soy asesor presidencial. ¿Qué tantos en el laboratorio saben de las investigaciones de Kummar?

- Casi nadie. El Dr. Francis y Kummar fueron poco comunicativos para no causar inquietud entre el personal. Tú sabes, aspectos de seguridad, miedo al contagio y esas cosas.

- ¡Pues que se mantenga así, hasta nueva orden!

La reunión se realizó a puerta cerrada y se ordenó al equipo de seguridad que se retirarán los micrófonos de las grabadoras de la sala de juntas. Tras haber confirmado la privacidad el asesor Spinburg dio inicio a la discusión.

- Señor Presidente: Cómo le he informado la General Drugs Inc. ha tenido éxito en sus investigaciones para producir una vacuna eficaz para prevenir y curar el SIDA. Hasta ahora, he logrado evitar toda publicidad al respecto. Pero esto no puedo mantenerlo por mucho tiempo. Quisiera recibir por parte suya los lineamientos que considere adecuados.

- En efecto, James- dijo el mandatario. Al momento de saberlo entré en contacto con el Ministro del Interior, el Ministro de Defensa y el Director en Jefe de Inteligencia, aquí presentes. Por sus sugerencias entendí que este asunto va más allá de la simple salud pública. Quisiera que el director Darling haga una síntesis de los aspectos involucrados. John, te escuchamos.

El funcionario se incorporó y se dirigió a un retroproyector computarizado. La primera imagen era un gráfico año vs. población donde la línea se comportaba casi en forma logarítmica: año 1700- 500 millones de habitantes; 1900- 1,600 millones; 1970- 3,600 millones; 2000- 6,000 millones; año 2040-

7,400 millones o 9,500 millones de seres humanos, según los escenarios considerados, con control natal universal o sin él. Usando pocas palabras procedió a mostrar otros datos estadísticos y proyecciones a mediano plazo sobre el decremento proporcional de la población económicamente activa, ante la automatización en la producción de bienes y servicios, y el índice de desarrollo humano bajo la óptica del consumo. Hizo hincapié en la distribución regional tanto de población como de consumidores potenciales. La simple descripción gráfica del consumo energético per capita, la caída drástica de los recursos bióticos y de las alteraciones climáticas del planeta provocaron entre los presentes movimientos corporales que denotaban nerviosismo e, incluso, enojo. Tras explicar que, previamente, se habían tenido contactos personales, cedió la palabra al Ministro de Defensa.

El corpulento militar agradeció la invitación y, en forma enérgica, recordó los planes de contingencia ante la presión demográfica, en especial la migratoria, proveniente del Sur y del Pacífico Asiático. Se explayó en la capacidad destructiva de sus arsenales y de la sofisticación del armamento que mantendría indemnes a sus tropas y pilotos. Evidentemente, para los demás interlocutores el discurso del uniformado estaba fuera de contexto y denotaba poca comprensión sobre el tópico tratado. El presidente carraspeó, tanto para detener la desafortunada participación como para censurar diplomáticamente a su asesor quien levantó levemente los hombros a manera de disculpa.

- Permítame, Señor Presidente, dar mi punto de vista- dijo, sin moverse de su cómodo sillón, el Ministro del Interior. La economía nacional y mundial está entrando en una situación sin precedentes. La producción y productividad siguen creciendo pero el número de desempleados también. Las políticas enmarcadas en la "obsolescencia programada" han sido rebasadas al disminuir los posibles consumidores en los países periféricos. Inclusive dentro de las naciones industrializadas comienza a decaer el nivel de consumo, a pesar que el 80% de nuestras poblaciones están consumiendo más que nunca, tanto en cantidad como en calidad. El trabajo maquilador externo ha presionado negativamente a muchos de nuestros jóvenes que no encuentran la remuneración o empleo de acuerdo a sus expectativas; la vagancia está convirtiéndose en una plaga urbana. Los sistemas computarizados han desplazado a infinidad de personas con preparación escolar superior o media. Los habitantes del Sur están aún peor. He recibido informes de conciudadanos que habitan allá bastante preocupantes. Como analogía, podría decirle que, así como nosotros levantamos verdaderas murallas en nuestras fronteras para evitar la entrada de ilegales, allá el aislamiento es de barrio a barrio, de calle a calle. La fuerza de trabajo de reserva ya no tiene caso o razón de ser; la mayoría no cuenta con recursos para consumir nuestras exportaciones; los saqueos de tiendas departamentales son cosa de todos los días. Como sucede en nuestro país, las compras se hacen vía internet y hasta los taxistas tiene problemas para conseguir pasaje. Todo ello produce una marejada de inmigrantes que debemos detener por métodos cada vez más violentos, lo que daña nuestra imagen democrática y humanitaria. Cómo usted sabe lo mismo está sucediendo en el resto del mundo desarrollado.

- Así es, Sr. Ministro- dijo el presidente, y hemos actuado en concordancia. Ahora tenemos a 500,000 soldados y Guardias Nacionales en las costas y franjas fronterizas. Los que llegan por mar han representado un mayor costo, pero estamos implementando mejores métodos de detección. Pero continúe, por favor.

- Recordará que en los últimos años hemos fomentado, como decirlo, guerras civiles monitoreadas y enfrentamientos internacionales "bajo control" para encontrar salida a nuestro excedente de armas convencionales y abatir el aumento poblacional, pero esto no ha funcionado con la adecuada efectividad. Nos siguen viendo como policías mundiales y nuestras intervenciones ocasionan problemas con la opinión pública, que si bien controlamos, no es sencillo emitir un discurso y actuar contrario a él todo el tiempo. El costo político es demasiado elevado. Los cibernautas son cada vez más ingeniosos y no hemos podido silenciarlos. En el único aspecto que hemos tenido respaldo ha sido cuando eliminamos gente que ataca ciertas áreas ecológicas protegidas; pero esto es poco significativo.

- Concluya, Sr. Ministro. Estoy seguro que tiene algo concreto.

- Sí, señor. Tanto Mr. Spinburg como yo consideramos que éste descubrimiento se ha convertido en la salvación de nuestro sistema y de la humanidad entera. Si la gente muere por una bala o por hambre puede encontrar o inventar un culpable. Si es por muerte natural es la acción de la misma Naturaleza: no hay a quien culpar. En nuestros días todo el mundo sabe del incremento exponencial de seropositivos y que la enfermedad no tiene cura. Inclusive hay muchas corrientes que consideran la enfermedad como un castigo de Dios a los pecadores. En síntesis, guardemos la vacuna como un secreto como primer paso; segundo, vacunemos a quienes consideremos convenientes, sin que ellos lo sepan;

tercero, fomentemos lo que ya hacen los medios de comunicación masivo.

- ¿A qué se refiere?- preguntó el general.

- Exacerbar la sexualidad, inundar con pornografía, incitar a la promiscuidad, hacer del sexo una mercancía, un fetiche. Aquellos que cuenten con recursos para preservativos tendrán un poco de más posibilidades. Que los sistemas de salud públicos se deslinden del suministro de condones por considerarlos un gasto superfluo e inconveniente para el erario público.

- Me inquieta su propuesta- dijo el Presidente. Es demasiado drástica, deshumanizada, anticristiana.

- Señor, dígame, por favor. ¿Qué es preferible? ¿Masacrar al 80% de la población mundial en guerras que pueden irse fuera de control, dejar que mueran de hambre miles de millones, permitir que la gente acabe con los raquíticos recursos bióticos que aún quedan? ¿O debemos acaso esperar pacientemente a que estalle una revuelta mundial y continuar viviendo en "zonas restrigidas" urbanas y nacionales? Los aquí presentes sugerimos que a los prescindibles hay que ayudarlos a bien morir.

- Pero, Señor Ministro- apuntó el Presidente. ¿Cómo vamos a poder mantener en secreto éste tétrico proyecto?

- Si se pudo mantener en secreto el "Proyecto Manhattan" con cientos de miles involucrados, se puede restringir la información sobre "VAS" (Vacuna AntiSida).

- Entonces, ¿los beneficiados lo serán sin saberlo?- preguntó Spinburg.

- Sí, en su inmensa mayoría- contestó categórico el Ministro del Interior. Aunque ciertas personas muy importantes, y que aseguremos su anuencia con el plan, podrán ser informadas para así estructurar el proyecto en forma coordinada y globalizada.

El Presidente se levantó y ordenó: ¡Elabora la lista, John! Y dirigíendose amistosamente a Spinburg: Mañana te espero con mi vacuna, las de mi familia y... la otra que tú ya sabes.


Kummar se desahogó con su esposa. Si bien había recibido una suma importante por parte de la compañía, había notado una extrema frialdad por parte de su jefe, aunque jamás su relación hubiese sido completamente cordial. Lo que más le preocupaba fue el hecho de haber tenido que entregar sus bitácoras donde estaba la sustancia de sus descubrimientos. Su formación científica y dedicación le permitió conservar en un disquette el grueso de sus estudios y resultados. La esposa, mucho más desconfiada, le alertó sobre la posibilidad de ser desechado del laboratorio y no recibir el reconocimiento oficial a su descubrimiento. En éste contexto le sugirió que aprovechara la presencia en la ciudad del Secretario de la Organización Mundial de Salud (OMS) de las Naciones Unidas, el cual asistía a un congreso sobre el Mal de Chagas. Kummar se resistió en un principio pero, ante la insistencia y razonamientos de su compañera, decidió buscar una entrevista con el funcionario internacional. Por otro lado, él sentía que el tiempo que había transcurrido desde que informó a sus superiores del hallazgo hasta el momento era más que prolongado.

- Hace 6 meses pude haber enviado a Nature mi artículo y sigo sin que nadie me informe de lo que está pasando. Tienes razón, debo hacer algo- le dijo a su esposa. Además, la gente sigue contagiándose y muriendo. No entiendo este sacrificio inútil.

No le fue fácil poder tener un encuentro con el Dr. Leclerc, Secretario de la OMS. Pero, finalmente, se entrevistó con él en el hotel donde se hospedaba. En pocas palabras y mostrándole una síntesis de su trabajo logró que el funcionario no solo se interesara sino que entrara en un estado de gran ansiedad. De inmediato concertó una cita con Mr. Fielder a la cual asistió Kummar, no sin antes enfrentar en la antesala una férrea oposición por parte de su superior. La charla comenzó en forma cordial. Pero ante la actitud evasiva de Fielder y Spinburg, que también estaba en la reunión, el funcionario de la ONU tomó una posición más rígida.

- Lo que aquí se está discutiendo es la salud de millones de personas, no si un medicamento es patentable o no lo es. Nadie cuestiona los derechos que éste laboratorio tiene con respecto al medicamento. Ustedes pueden venderlo cómo y en cuánto quieran. Lo que me preocupa es cuándo. No es posible que después de casi un año, según me dice el Dr. Kummar, ni siquiera lo hayan presentado al Departamento de Salud de esta nación para obtener el permiso y licencia correspondiente.

- La política de ésta empresa es un asunto absolutamente fuera de su jurisdicción, Señor Leclerc- afirmó Spinburg. No tenemos porqué darle ningún tipo de explicación. Estoy muy arrepentido de haberle concedido esta entrevista que yo supuse era de cortesía, dada la influencia que esta corporación tiene en el ámbito farmacéutico. La presencia del Dr. Kummar, con el que hablaremos después, también es indeseable ya que su mitomanía ha ocasionado esta situación.

- Mr. Spinburg. ¿Debo acaso entender que dicha vacuna no fue descubierta por el Dr. Kummar o que dicha vacuna no existe?- preguntó Leclerc. Esto último contradice todo lo que hemos estado hablando.

- Entienda esto- explotó Spinburg. No hay poder en la Tierra que nos obligue ni a responderle ni a que actuemos en contra de nuestros intereses y planes mercantiles. Doy por terminado este desagradable encuentro. Buenas tardes.

Kummar y el diplomático abandonaron la sala. En su recorrido en automóvil hacia la casa del científico, Kummar ofreció a Leclerc que, consciente de los riesgos de tipo legal, podía conservar su disquette y hacer uso de su descubrimiento en la forma que él considerará más conveniente. Leclerc, a su vez, le hizo saber de los pasos que pretendía dar. Primero, informaría al Secretario General del hecho. Presentaría ante la comunidad científica mundial el trabajo para que se avalara, o no, su eficacia y, paralelamente, convocaría al departamento jurídico de la Organización para preparar la defensa legal que, sin duda, requerirían tanto Kummar como la OMS. Se despidieron afectuosamente y Leclerc ordenó al chofer dirigirse al aeropuerto.

El funcionario entró en un estado angustioso al imaginar todas las posibles consecuencias de sus actos que reconocía habían sido demasiado viscerales y apresurados. Al mismo tiempo quería confiar en que la opinión pública le daría un apoyo moral cuando todo esto trascendiera a los medios de comunicación. Decidió que llegando a Nueva York convocaría a una conferencia de prensa, asumiendo toda la responsabilidad. Lo que más le inquietaba era la posibilidad de que Kummar lo hubiese engañado. "Bonito papelón haría ante el mundo entero", se dijo.

Al día siguiente los titulares de los periódicos daban la noticia del trágico accidente aéreo donde el Secretario de la Organización Mundial de Salud había perecido junto con 124 personas más; no hubo supervivientes. En la prensa no se informó de la muerte de un científico hindú, Arun Kummar, quien al ingresar al hospital presentaba un cuadro de intoxicación por alimentos con vómito, dolor de cabeza; aunque una necropsia no hubiese detectado nada anómalo, un experto hubiese sospechado de la acción de la toxina más poderosa que existe: la botulina. En páginas interiores se informaba del aumento de infectados por SIDA en el mundo que sumaban el 12% de la población en edad reproductiva. Al lado de la información aparecía un anuncio comercial de pilas voltaicas que incluía una fotografía a color, muy poco artística, insinuando una cópula entre dos hombres y una mujer observados por un simpático conejito rosado.


Octubre 2002

# El redial

Manuel se sintió realmente feliz cuando instaló el nuevo teléfono digital en su departamento. Lo contempló embelesado y de inmediato empezó a introducir en la memoria los números telefónicos de su mamá, hermanos, primos, amigos y socios comerciales hasta saturarla.

Su mujer, Eloísa, lo veía con desenfado y continuaba sus labores hogareñas parloteando sin cesar, dando relación detallada de las dificultades con los vecinos, el carnicero y Teresa, la señora que le ayudaba en el aseo lunes, miércoles y viernes.

Manuel se concentraba en la lectura del instructivo del aparato que incluía todo género de maravillas: sp-phone, nivel de volumen, pantalla, intercom y redial.

A los dos días, después de comprobar toda la agenda incorporada y el buen funcionamiento, el aparato dejó de ser novedad, como sucede con todos los aparatos o artículos que a diario salen al mercado, que parecen indispensables cuando no se tienen y pasan desapercibidos al poco tiempo de ser adquiridos.

A pesar de los avances modernos el calentador de agua a gas del departamento seguía dando problemas. Este se encontraba instalado en la azotea del edificio y, durante los meses locos de febrero y marzo, los vientos fuertes en el Valle de México apagaban frecuentemente el piloto del calentador provocando molestias cuando, ya desvestido y listo para entrar en la ducha, de la regadera salía agua gélida en invierno o fría en verano. Eloísa insistía a su esposo en comprar otro calentador, pero Manuel se resistía pues sabía que el problema era climático y no técnico.

El temperamento de Eloísa difícilmente podía ser considerado dulce o tierno. De hecho, tenía sobre su marido gran ascendente. Los amigos de la pareja habían premiado a Manuel, durante tres años consecutivos, con el "Mandil de Oro", presea que se otorgaba a aquel esposo que hubiese demostrado mayor sumisión ante su media naranja, a lo largo de los pasados 12 meses. La forma festiva, aunque insidiosa, con la que se reconocía la mansedumbre masculina no era demasiado oprobiosa, habiendo con anterioridad varios campeones distinguidos con el reconocimiento: las bromas y chanzas eran compartidas en forma más o menos democrática. En realidad, sólo dos varones del grupo de parejas nunca habían recibido la nominación y esto había sido, sin lugar a dudas, sustentado con base a un machismo férreo y sin concesiones, poco común en nuestros días y entre la clase media urbana, donde las féminas también aportan recursos económicos significativos al presupuesto familiar.

El matrimonio formado por Manuel y Eloísa, que ya duraba ocho años, no había procreado descendencia pero, para aquellos que lo conocían, se podía clasificar como "bien avenido". Ambos cónyuges, individualmente, gozaban de algunas libertades, como el poder reunirse con sus amigos personales de la juventud a tomar un café o beber un trago en un bar, siempre y cuando hubiese aviso previo y no se rebasara cierto horario pertinente.

Eloísa estaba desnuda introduciendo con impaciencia la mano para comprobar si el chorro de agua cambiaba su temperatura. Después de dos o tres minutos era evidente que el agua caliente jamás saldría. Obviamente era marzo y las tolvaneras, impregnadas de partículas sólidas y de heces humanas desecadas, habían hecho su labor de apagafuego en el piloto del multimencionado calentador de gas. Abnegadamente, Eloísa cerró la llave de la regadera y, poniéndose una toalla alrededor de su esbelto y bello cuerpo, salió del baño para pedirle a su marido que subiera a la azotea para prender el "boiler". Cuando llegó a la sala, Manuel se percató de su presencia. Fue evidente el nerviosismo que se apoderó de él. Poniendo la bocina sobre su muslo y con los ojos desorbitados preguntó a su mujer que sucedía. A ella le llamó la atención su actitud.

- Seguro el "boiler" está apagado, no sale agua caliente. ¿no podrías ir a prenderlo? Estoy encuerada y que flojera subir a la azotea. ¿Con quién hablas?

- Con el licenciado Torres, de la aseguradora. Ahorita subo a prenderlo -. Y retomando el auricular dijo atropelladamente. - Luego le hablo, hasta luego -, y colgó.

Manuel se apresuró y se dirigió a las escaleras que conducían a la azotea. Eloísa caviló. En soliloquio se preguntaba y respondía: ¿Al Lic. Torres?, Pero si es sábado. ¿Por qué se asustó? ¿Por qué no terminó de hablar? Yo podía esperar.

Eloísa fijó la vista en el aparato telefónico. El botón de REDIAL se manifestó a ella con enorme relevancia. Tomó el auricular y presionó el redial. Del otro lado, una voz femenina y aterciopelada respondió casi de inmediato.

- Con el licenciado Torres, por favor.

- Aquí no vive ningún licenciado -. Respondió la mujer, aunque ahora en forma grosera y con evidente molestia.

- ¿No es ahí la "Aseguradora Larga Vida"?- insistió Eloísa.

- Ya le dije que no es aquí; no fastidie -. Y se oyó la abrupta interrupción de la comunicación.

Eloísa pensó en subir a la azotea y empujar a su marido al vacío. Pero recapacitó desechando la idea, a pesar de tener una magnífica coartada: los accidentes en azoteas sin barandal son frecuentes. No obstante, por un momento, alucinó gozosa la caída de Manuel acompañada con un interminable aullido: Eloíiiisaaaaaa.

Cuando Manuel bajó de la azotea se encontró con la mirada penetrante de su esposa.

- ¿Te habló a ti el licenciado Torres o tú le llamaste?- preguntó con tono suave e inocente.

- Yo le hablé. Me urgía aclarar el asunto de unas pólizas.

- ¡Infeliz, miserable, desgraciado!- gritó enfurecida -. Tú no hablabas con Torres, hablabas con una tipa.

- ¿Pero cómo se te ocurre, mi vida? ¿De dónde sacas esas cosas? Debes estar loca. Te das cuerda solita.

- ¿Crees que soy pendeja? Apreté el redial y me contestó tu amante, cabrón.

Manuel quedó petrificado, miraba a su alrededor como buscando auxilio o una salida. Empezó a sudar en abundancia, y aumentó el ritmo de su respiración junto con una palidez cadavérica. Sólo logró balbucear algunas incoherencias.

Manuel salió esa misma tarde de su hogar con dos petacas repletas, para nunca volver. El departamento, el automóvil y los muebles, adquiridos entre ambos, estaban a nombre de su mujer. El contrato matrimonial establecía, lapidaria y rigurosa, "Separación de Bienes" y el proceso de divorcio no fue demasiado prolongado. Su amante lo soportó por dos meses y lo largó. Desde entonces, Manuel ha manifestado una repulsión anormal hacia los avances técnicos en telecomunicación.

1996

# INDICE

www.ingramcontent.com/pod-product-compliance
Lightning Source LLC
Chambersburg PA
CBHW072014170626

46813CB00005B/2146